Feito Eu

Elisa Nazarian

Feito Eu

Ateliê Editorial

Copyright © 2007 Elisa Nazarian

Direitos reservados e protegidos pela lei 9.610 de 19.2.98. É proibida a reprodução total ou parcial sem autorização, por escrito, da editora.

Dados Internacionais de Catalogação na Publicação (CIP)
(Câmara Brasileira do Livro, SP, Brasil)

Nazarian, Elisa
    Feito eu / Elisa Nazarian. – Cotia, SP: Ateliê Editorial, 2007.

ISBN 978-85-7480-342-5

1. prosa brasileira   I. Título.

07-1661	CDD-869.985

Índices para catálogo sistemático:

1. Prosa poética: Lieratura brasileira   869.985

Direitos reservados à

ATELIÊ EDITORIAL
Estrada da Aldeia de Carapicuíba, 897
06709-300 – Granja Viana – Cotia – SP
Telefax (11) 4612-9666
www.atelie.com.br – atelieeditorial@terra.com.br
2007

Foi feito depósito legal

Para o homem que só me faz bem.

Para Santiago, meu filho.

Para Cris Lisboa, a fina flor da Fina Flor.

*Para Renata Mellão, Lucinha Ravache,
Tito Enrique da Silva Neto, Paulo S. Pimentel,
Iris de Ciomo.*

Acontece, sempre acontece, que quando a minha vida parece ter tomado um rumo, o chão sai debaixo e eu tenho que começar tudo de novo, como se fosse fácil, como se fosse simples... e eu fico assustada, muitas vezes eu fico assustada, porque acho que não, desta vez não vai dar, eu vou me perder, mas não me perco e vou em frente e tudo continua muito normal pros outros, muito confuso pra mim... às vezes...

1985

Sumário

1985
Não tenho muitas amigas…   18
O certo de mulher…   19
Passo minhas unhas…   20

1986
Ele fez fígado flambado…   21
Esta ruga que trago…   22
Não, ainda não…   24
Nunca entendi…   25
Carinhei minha barriga…   26
"Você não é minha mãe…"   27
De todos os homens que eu amo…   28
Minha tia armênia…   29
A hora do engate…   30

Falei pra minha mãe...   31
Sentei naquela cadeira...   32
Meus afetos jorram por todo canto...   33
Quando eu fugi lá de casa...   34
Ele acha que me estraguei...   35
Tira este leão...   36
As mulheres levam sua carga...   37
Percebi que você escapava...   38
Você me viu enterrar nosso filho...   39
...porque sempre acharam minha mãe...   40
No dia em que fui feliz...   42
Então ele me disse...   43
Ele não tem passado nem memória...   44
Joguei mesmo...   45

1987
Durante toda a travessia...   46
Um dia ele me devolveu...   47
Lavei o quintal...   48
Nos almoços na casa do meu avô...   49

1988
Foi a amiga das confidências...   50
Por você não busco estrelas...   51
Ela estava feliz...   52
Não peça que eles saiam...   53
Ele demorou um pouco...   54

Ela me contou... 55
Tive medo de ir pra Nova Iorque... 56
Meus filhos estão crescendo... 57

1989
Um homem encaixou minha janela... 58
Sentiu-se mal por ter gritado... 59
Quando me perguntarem a idade... 60
Sou mãe só de filhos pequenos... 61
Martim Romaña... 62
Eu lá, sentada na cadeira de espaldar alto... 63
Uma paixão com o andar de quem fica... 64

1992
Quero voltar pra casa... 65
Ele me prefere trabalhando... 66
Se eu o solto... 68
Ganho o amante... 69
Ele me viu chorando... 70
Had we but world enough and time... 71

1993
Deus que me dê o verde de Mauá... 73
No primeiro dia você me construiu bela... 74
Somos todas lindas... 76
Quando ela friamente picotou
   os próprios cabelos... 78

Um dia o mundo ficou feio... 79
Nasci sem arestas... 80
No dia em que você morreu... 81

1994
Eles cresceram e você não viu... 82
Venho embalando meus mortos... 83

1995
Quando se forem os tormentos
    da maturidade... 84
Ele se deitou... 85
Aperta-me o sapato... 86

1998
Vou amarrar meu silêncio... 88
Mil vezes o ócio... 90
Comi uma batata frita... 91
Ele me ligou dizendo... 92
porque de resto não sei... 93
Nas épocas em que trabalho muito... 94

1999
Voltei à casa onde pari dois filhos... 95

2003
Massageei seus pés... 97

Quero morrer por um tempo... 98
Não houve beleza na minha dor... 99

2004
Depois de morto, meu filho... 100
Porque agora eu sei que a vida... 101

2005
Pus-me a cheirar minha filha... 103
Como saco sem fundo... 104

2006
E se me disserem que você está enfermo... 105
Para o homem que só me faz bem... 106

2007
Embrulho os presentes de Natal... 107
Se me virarem do avesso... 108

Feito Eu

Não tenho muitas amigas, as que tenho são pra sempre. Não vou muito à casa delas, não combino programas, não troco receitas nem filhos.
São amigas por amor, não por convivência.

Procuro minha verdade.

Gosto dos meus filhos, gosto demais. Mas não sou mãe de dar xarope com colher de sobremesa, de cima dos saltos altos, as unhas com esmalte vermelho.
Não sou de tomar lição, nem mando cortar o cabelo.
Leio estórias pra eles, levo ao cinema, ensino a ter cuidado com os outros.
Não gosto de ver empregada mal-tratada.
Queria ter mais um filho. Quando eles deram os primeiros passos, ou aprenderam as primeiras letras, meu corpo era só emoção.

Noutro dia senti saudades de ir com eles ao parque, durante a semana, pela manhã.

1985

O certo de mulher é acompanhar seu homem em todo lugar que ele for.
O certo de homem eu não sei qual é.
Só sei que de vez em quando me baixa uma lombeira na alma e preciso ficar sozinha pra conferir os meus passos. Como quem não quer nada, mas quer.
Tenho que lagartear na minha cama com o meu travesseiro de plumas.
Nessas horas não quero ouvir nem pensamento.

Só faço lareira em casa se tiver marido.
Daí, ponho mais um banheiro, troco as janelas de fora, dou um jeitão na garagem.
Pr'algumas coisas tenho meu limite.
E volto a fazer batatas no forno, cobertas com parmesão.

Quando os ânimos estão bons, pulo corda 750 vezes seguidas.
Dou só umas paradinhas pra tomar fôlego.

Eles me levaram, me violentaram, me deixaram abaixo de capacho. Nove meses depois todo mundo teve filhos, menos eu, nunca mais.
Já enfeitei minha casa com flor de pessegueiro.

1985

Passo minhas unhas bem de levinho pelo seu corpo, só pra fazer calor.
Beijo o seu peito, cheiro seu pescoço, quero seu abraço.
Enfio os dedos pelo seu cabelo, passeio os lábios pela sua testa, me aninho toda.
Brinco com a língua atrás da sua orelha, esquento as coxas entre suas pernas, amoleço.

1985

Ele fez fígado flambado no conhaque, na minha casa, porque eu não podia sair, bebê pequeno. Eu nem gosto muito de fígado. Era fígado de galinha.
Fez tudo com muito cuidado, com carinho.
Eu me lembro de que fazia frio e era gostoso sentir o cheiro de alguém mexendo na cozinha.
Ele tinha sempre esses gestos de amor.
Aparecia pelos motivos mais bobos: queria que eu fizesse uma revisão de texto, vinha pegar um livro emprestado, essas coisas.
Gostava das minhas crianças. Ele que nunca gostou de criança, nem de casamento, nem de mulher.
Montava meu filho nos joelhos e ficava cantando desafinado, sotaque de judeu polonês-francês. Era sempre a mesma música e os dois caíam na mesma risada.
Foi a única pessoa que conheço que leu "Chamem-me Gantenbeim". Ele e eu.

1986

Esta ruga que trago no canto da boca, apareceu na noite em que morreu meu filho.
Todos os dias ele nasce de novo, todas as noites ele se vai.
Cruzo meus braços na frente do peito, aperto os lábios, encolho o estômago e choro. Um choro seco, desesperado, de quem não sabe, não volta, uma avalanche na escuridão.
Eu fiz um sapo, pintei o berço, criei um móbile de borboletas.
Lá vem meu filho.
Eu faço força, dobro ternuras, tremo de orgasmo.
Meu corpo estica, berro gemidos, lá vem meu filho.
Preciso cheirarlamber esta criança.
Ele chora e eu sorrio e eu choro e encosto o ombro.
Quero a cabeça dele junto ao meu pescoço.
Cantigas de embalo, embalo embora, em boa hora lá vem meu filho.

Lá vem meu filho, lá foi meu filho.
Rasgo meu rosto.
Durmo dias inteiros acordada.
Estilhaço minha força.
Vazio de pedra.
Sou fêmea parida de cria roubada.

Cheiro, uivo, espremo meu ventre, me atiro contra as paredes.
Lá vai meu filho, sem acalanto, canto, encanto, lá vai meu ninho.

1986

Não, ainda não, deixe a gente ficar só mais um pouco, só mais um pouquinho assim, um barulho gostoso de lenha queimando, um não fazer nada de coisa nenhuma, que não é preciso fazer nada nunca mais.
As crianças bonitas, os olhos brilhantes, bochechas rosadas, todo mundo numa preguiça abençoada, que não precisa dinheiro, não precisa carro, não precisa ninguém nem coisa nenhuma, que aqui é o paraíso e a gente é feliz.
Viu aquele esquilo subindo na árvore?
E este soluço fechando a garganta, sufocando o riso, que o tempo é curto e tem que acabar, tem que acabar, tem que acabar...
Pegue o cobertor, deite aqui do lado, ponha a cabeça no meu colo.
Que maravilha de frio, que coisa boa, meu Deus!
E quando a noite amanhece, a gente fica se agradando ao sol, se enroscando, se despindo, que o calor vai aquecendo o ventre, os seios, a virilha, e a vida é feita de gestos, só de gestos.
Vamos ficar mais um pouco. Aqui tudo é um não sei mais, um cheiro gostoso, um corpo cheiroso, a terra toda engolindo a gente, subindo pelo corpo afora, pelo corpo adentro, e eu ainda quero mais.

1986

Nunca entendi por que ela se chamava Ama das
Caldas. Mas isso era só um detalhe. O fascínio era
poder ver aquele peito enorme e redondo, de bico
escuro, totalmente à mostra, à hora que eu quisesse.
Eu, que nunca tinha visto um peito de verdade,
porque só se amamenta com um lenço por cima;
eu que ficava torcendo pra ver meu primo trocar a
fralda, que achava horrível ter bunda, cabelos crespos.
A Ama das Caldas era um monumento à sensualidade.
Ela e os lábios da Ângela Maria.
Em cima da estante da sala, balançava a cabeça com
um sorriso rasgado, uma criança no braço esquerdo,
o direito todinho pra segurar aquele peito.

Não precisa ter coxa, nem ombros ou calcanhar, que
o corpo não é cabeça, tronco e membros, mas uma
coisa só, disso eu já sei.

Não se oferece a boca sem comprimir os quadris,
não se entreabre os lábios, não se libera os seios.
Conheço uma mulher que fez as malas e foi-se embora.
Até hoje ela fica horas debaixo do chuveiro.

Só acreditei que você me amava no dia em que
enfeitou a casa toda com bandeirinhas e não era nem
época de São João.

1986

Carinhei minha barriga de sete meses com Riobaldo Tatarana.
Nisso foi bom.
Mas cresci com medo. Dá dele vir e não ficar, dá dele morrer de novo...
Não quero nem ver, não quero dormir. Tem cabimento parir dormindo?
Passei horas esperando Ulisses voltar no canto do encantado. Um reveillon inteiro.
Depois foi a intimidade com os golpes dos samurais. Baixa a cataná no segundo exato, não treme, não sua, não duvida.
Manda mais um que eu já estou de pé.
Não mata meu filho, não rouba meu homem, não bebe minhas vísceras que eu fico acuada.
Eu pago o preço, mas não dou troco.

Ele voltou com uma mala cheia de vestidos.
Presente pra mim. Cismei remorso.
Quarenta dias sozinho, à solta, não ia ser à míngua.

O ciúme já fez de tudo com a minha dignidade.
Não deixo mais. Lá tenho idade pra isso!

1986

"Você não é minha mãe, só te chamo mãe por vício.
Meu pai não vai me dar presente de aniversário.
Não quero o seu presente. Falo mal de você pra todo mundo. Era bem o que eu queria ganhar, eu precisava muito, mas não vou nem abrir pra não gostar.
O que você acha do meu pai não me dar presente, não me fazer festa?
De você não quero nada, só distância.
À noite sonho que estou batendo em você, que te maltrato. Já pensou na raiva que estou guardando?
Meu pai tem muito dinheiro, mas vai fazer uma viagem e agora não pode me dar o vídeo-cassete.
Então não vai dar nada. Ele não tem tempo pra sair procurando.
Você é quem faz tudo pra mim, arruma médico, vai na escola, quando é que você vai me deixar em paz?"

Hoje meu filho faz quatorze anos.

1986

De todos os homens que eu amo, um é amigo pra sempre.
É ele que acalma minhas dores, suaviza minhas fraquezas, me estende o braço.
Aparece no silêncio, vai-se embora na calada.
É nele que ancoro meu barco.

1986

Minha tia armênia lia pó de café e fazia arroz com amêndoas no primeiro dia do ano. A gente tomava o café e deixava a xícara emborcada no pires uns cinco minutos.
Ela vinha, olhava o desenho que o pó tinha feito e começava a falar.
Na adolescência, desandei a gostar dela.
Fazia pé-de-moleque com Karo, cheinho de amendoim e levava em casa, dentro de uma lata.

Difícil era encarar os bispos que vinham à casa dela no almoço de ano. Falavam uma língua que eu nunca entendi e traziam no dedo um anel de pedra vermelha.
Eu nunca beijei o anel, mas todo mundo beijava.
Eu tinha era medo daquelas barbas grisalhas, compridas, o camisolão preto, a cruz enorme. Achava que eles descobririam todos os meus segredos.

Minha tia armênia cozinhava tudo sozinha. E fazia tabule pra gente comer dentro da alface romana.
Foi a única da família que se embebeu nas origens.
Eu nunca fiz arroz com amêndoas.

1986

A hora do engate, a hora do embuste, essa ninguém sabe.
Não é a primeira ceifa, a terceira badalada, a forma do seixo no rio.
A hora do lobo, do fio da navalha, do pulo do gato, não tem retorno.

Quero embalar meu filho adormecendo, dar um beijo de paixão no meu homem, gargalhar por uma hora ao telefone.
Eu quero tudo.

1986

Falei pra minha mãe que aquela estola tinha o cheiro da minha avó e ela ficou muito brava porque a estola era da minha avó, mas onde já se viu gente grande ter cheiro, se toma banho todo dia, usa talco, desodorante.
Eu sempre gostei do meu cheiro, não mudo nem de perfume, que é pra não contrariar.
Afundo o nariz em cangote de filho logo que nasce. Pura precisão.
Às vezes dou umas mordiscadas.
E encho os pulmões de mar, de pinheiro, chocolate, da pele do homem que amo.
Camélia, grama cortada, terra molhada, alho fritando, dama da noite, recém-nascido, esmalte de unha, cocheira.
Quando descobri que estava grávida, a mostarda tinha um cheiro incrível de mostarda.

1986

Sentei naquela cadeira sem ter certeza se era realmente uma cadeira.
Tinha que combinar o salário, o trabalho a ser feito, meu medo virando cinismo.
Vou entrar debaixo da primeira asa.
Encosto os dedos nas costas de um iguana, enquanto ele solta gotas de sal pelas narinas.
Atrelo a insegurança no risco do desafio.
A filha deles também está dando problemas.

Não gosto que mexam na minha casa. Não quero consertos, nem mudanças.
Escorro minha lava por detrás dos móveis, por entre as almofadas. Apoio a cabeça no vão dos quadros.

O príncipe passa a cavalo e não me percebe. Trote largo.

Passei horas a fio andando por Paris, sem coragem de me sentar pra pedir um sanduíche.
Medo de parecer ridícula.
Hoje em dia empurro o medo pra debaixo da manga e canto e danço até em alemão.

1986

Meus afetos jorram por todo canto, meus desafetos
vazam por entre as quinas, nasci sem freio.
Tento por tento à emoção, ao desatino, perco o
timão na densa revoada, deixo a cabeça na primeira
poça d'água.

Vasculho antiquários atrás daquele anel que minha
avó ganhou de noivado.
Ou então pelo pingente de minha tia Zilda, que
nunca existiu.
Coloco o anel no dedo que sempre foi dele,
e saio orgulhosa por estar usando uma jóia de família.

1986

Quando eu fugi lá de casa
foi loucura de paixão.
Montei no cavalo, firmei as pernas,
soltei as rédeas e mandei ver,
apavorada.
Não olhei pra trás pra não virar estátua,
ficar cega, aleijada.
Larguei pai, mãe, irmão,
larguei meu cachorro vermelho
e minha irmã de quinze anos.
Saí com as costas curvadas.

Galopa cavalo louco,
corcoveia no relincho,
eu vou ao encontro do mundo,
eu saio pro encaixe da vida.
Passei por riacho bravio,
lutei na arrebentação.
Subo morro, corto vento,
peito aberto, riso frouxo,
marquei meu caminho com sangue.
Não volto pr'aquelas bandas,
lá não tem pouso pra mim.

Vôo cego, olho atento,
testa alta, queixo firme,
avisto o meu comandante
guardando o meu coração.

1986

Ele acha que me estraguei, que peguei a trilha errada
e é por isso que estou me amargando tanto.
Ele fala que eu deveria ter ficado lá com ele, parindo
filhos que ele não conhece, fazendo bolos que ele
nem provava.
Ele sente falta do meu andar apaixonado.

Ela falou que aquilo era destino, que se a criança
tinha vindo, tinha mais é que ficar.
Passou as mãos pelo ventre na maior delicadeza,
cantigou baixinho, sorriu.
Ele disse: "Não!"
A culpa que não lhe entrego é sua culpa maior...

1986

Tira este leão, vem correndo, eu vou cair!
Eu ficava em pé, agarrada em mim mesma, o leão girando na beira da cama, um rodamoinho.
Mostrava as garras, os dentes, rugia, aterrorizava os meus seis anos.

Lá vem meu pai que não tem leão, foi só um susto, um pesadelo.
Não quero ficar sozinha, ele volta, eu sou pequena.

1986

As mulheres levam sua carga junto ao peito, os
livros, as compras, a esperança.
Os homens trazem os braços esticados,
o peso seguro nas mãos, seguindo os passos.
Às vezes me sinto tão perto da loucura, tão reticente
à margem da razão, que sinto medo.
Começo a me olhar com mais cuidado... Dá d'eu
falar o que não devo ou o que não quero...
Viro duas ou três: uma que fala, outra na espreita e a
terceira que se cala e só duvida.

1986

Percebi que você escapava por entre os dedos,
por entre as sobras, naquele copo de vinho.
E depois, no seu olhar vazio de ternura,
naquela voz irritada,
numa preguiça apressada,
vai e vem.

Os laços de afeto quando se esgarçam.

Eu falo e você não ouve e você fala.
Largo meu corpo na correnteza,
fico tímida como em começo de caso.
Você me possui, me encanta,
penetra com raiva, pede desculpas,
me chama de volta, me guarda no peito.
Você só vai se lembrar que me ama,
quando eu tiver chorado tanto...

Os laços de afeto quando se enroscam...

Enrolo meu corpo feito gato.
Aperto meus olhos feito sono.

1986

Você me viu enterrar nosso filho e virou pro outro lado.
Meti as mãos nas pedras, abri um buraco, e fui me contorcendo,
que eu já não tinha nada,
mas uma febre seca
e um sorriso branco.

1986

...Porque sempre acharam minha mãe culpada,
se ela se casou aos dezoito anos,
sem nunca ter sorrido para outro homem,
sem nunca ter encostado o joelho em outra
perna?...

Eu abro o vidro e você fecha,
saio pro sol e você dorme.

Minha mãe com a luz apagada,
naquela cama imensa,
sozinha...
E tantos filhos procurando espaço...

Você me isola pro seu mundo,
e eu fico tateando cega ou repartida,
solta.

Ela jantava trancada no quarto,
sem ver ninguém,
meu pai na sala.
E cada dia ficava um pouco menor.

Minha explosão veio devagarinho,
no espelho da minha mãe.

Não quero que só você me ame,

que só um amor não basta.
Quero um homem me beijando a nuca,
um outro me sorrindo meigo,
e aquele me lavando a alma.

Minha mãe nunca pediu muito,
minha mãe quase que não teve.
Calava quando não devia,
gritava sem soltar um som.

Faço tricô pra agasalhar meus filhos.

Você não conhece as crianças,
não pergunta o nome delas,
não compra presente de aniversário.
Vou levando, às vezes.

1986

No dia em que fui feliz
morava naquela casa,
com dois quartos conjugados
um cachorro vira-lata
e duas crianças coradas.
Meu homem quando chegava
beijava meu seio esquerdo
depois mordia o direito
e me fazia bonita.
As fraldas já estão no tanque,
o frango assando no forno,
meu telefone não toca,
bordo um lençol pro mais novo.
Perdi meu anel de brilhante,
sovando massa de pão,
podia ser conto de fadas,
não fosse dom de família,
sumiu sem som nem sinal.

Meu filho me dá um beijo,
me estende o cabelo loiro,
me faz carinho de amor?

1986

Então ele me disse: "Vou-me embora. Quero mais
é varar o mundo, chega de braço no braço".
Fechei os olhos pra que ele não me visse, tinha
alguém mais segurando aquela mala.
Falou com voz segura, decidida, sem um afago de
dor ou de espanto. Não pedi a ele que ficasse.
Juntei as minhas crianças e fui embalar a espera lá
na cadeira de balanço.
Noite ou outra ele vinha, me amava com desejo e
displicência, e depois ia aportar em outro ventre.
A cadeira rangia sozinha.
Naquele tempo meus amigos cabiam num sopro. Eu
só pensava nele, só vivia nele.
Minha língua foi ficando seca, as mãos cravadas no
desassossego, finquei a esperança em golfadas de
asmático.
E ouvia o toque dele no toque do telefone, na chave
da porta, no fio da meada, o tempo todo, feito
assombração.
Quando ele se cansou de ir tão além, gritou retorno.
Eu já não era tão jovem, nem bonita, o fim do
pesadelo, o fim do sonho.
Fiz um peru pro Natal e fui me buscar no espelho.
Tinha a pele triste, os olhos quietos, e o sorriso
desconfiado de quem acaba de brincar com a morte.

1986

Ele não tem passado nem memória.
Não fala da mãe, não comenta o pai, não conta das brincadeiras de rua, dos amigos da escola, não foi.
Da cicatriz atravessada no nariz, eu soube pela irmã.
Foi um tombo feio que levou quando pequeno.
O nariz foi ficando torto, a mãe deu um tranco, marcou pelo resto da vida.
Em tempos findos ainda falava armênio. De vez em quando, festas de ano, chegada de bispos, coisas raras. O que ele gostava mesmo era de italiano.
Muitas cantigas, o idioma na ponta da língua, gírias mansas e loucas, todas em italiano.
Nunca mostrou a casa em que nasceu, o bairro da infância, nem sei qual é.
Não fala do cachorro vira-lata, do gato da vizinha, do arroz-doce que devia vir à mesa em dias de festa.
No silêncio dele se escondeu meu pai.

1986

Joguei mesmo.
Joguei todas as roupas dela pela janela, e se pudesse
jogava ela também.
Acendi a luz do quarto e nem olhei pra cara dela.
Atropelei meus desejos, meus sonhos, os desmandos
dos meus trinta anos e entrei cega, rouca de dor e
desespero.
Joguei a camisa, as meias, os sapatos, joguei sem
aposta nem risco.
Virei meus retratos pra parede e quebrei copos,
pratos, gritei com ele até cansar no choro.

Que homem é este que diz que me ama, que me
possui às onze e às doze beija outra boca? Que enterra
um filho comigo e depois tem filho com outra?
Não quero minha porta aberta, quem abre a porta
sou eu.

O cego de olhos mudos estende a bengala à frente, o
cego de olhos baços.

Quem pariu esta mulher sem rosto, este borrão sem
tinta,
esta estrangeira que juntou as malas, e insiste sempre
na primeira fila?

> 1986

Durante toda a travessia aquele caminhoneiro. Corpo maciço, um tanto flácido na barriga, uns 26 anos, nada especial, nada mesmo.
Mexia no motor, palito entre os dentes, enquanto conversava com o companheiro, um mulato magrinho.
E o sopro do desejo me roçando a nuca, os lábios do caminhoneiro me subindo por detrás da orelha, descendo até os ombros, voltando lentamente pro pescoço.

1987

Um dia ele me devolveu todas as frases,
embrulhadas em folha de jornal.
Pegou tudo o que eu tinha dito, tudo o que eu tinha sido,
botou num pacote mal feito e atirou no meu rosto,
feito bofetada.
As palavras eram as mesmas, mas o sentido não
comportava.
Senti foi muita raiva por ter largado tanta munição
em terreno contrário.

1987

Lavei o quintal,
saí com o cachorro,
cuidei do jardim,
li um livro quase inteiro,
só pra não telefonar pra você.

Dizer o quê?
"Vem correndo que estou precisando demais da sua boca"?

1987

Nos almoços na casa do meu avô,
brincava o Circo do Arrelia e o futebol de domingo.
E às vezes, era a família em volta da mesa,
jogando Escravos de Jó.
Uma das salas era só pra se ouvir música,
e na adega eu cobiçava uma lata de castanhas de caju,
onde acabei por cortar meu dedo.

Tricô eu faço,
gato eu tenho,
mas ainda persigo a idéia de família.

1987

Foi a amiga das confidências mais íntimas.
Era mãe de pegar no colo,
dar beijos de tirar o fôlego,
morria de rir das bobagens das filhas.

"Oi bonitinha, quem diria que, de uma hora pra outra,
você iria entrar na cartola do mágico
e dar um sumiço com seu sorriso safado?"

1988

Por você não busco estrelas,
não pulo muros,
não aprendo a nadar,
não me enlouqueço,
mas vou tecendo um tapete
e fico bonita outra vez.

Gosto de você como quem gosta de chuva.

1988

Ela estava feliz porque ele tinha voltado.
Ele era o primeiro marido,
o segundo não tinha expressão.
"Vou tomar conta de você."
Será que vai mesmo?
Você, que me seduz com um canto doido
e me abençoa numa alegria de horas contadas?
Depois eu lá, recolhendo os ovos, engordando os porcos,
ordenhando as vacas, ansiando por um novo toque de sino.

"Vou tomar conta de você."
Será que vai mesmo?

Naquele jantar todas sorriam pelo mesmo desejo.
Eram dez mulheres,
todas trabalhando,
todas com filhos,
todas com rugas,
uma com amor.

Vem tomar conta de mim.
Vem devolver meu sono,
que daqui a pouco estou velha
e não quero fiar sozinha.

Eu fiz café pra você.

1988

Não peça que eles saiam da casa.
Eu sei que já quase não vão ao andar de cima, que não é seguro estarem lá tão sós, mas agora ficou tarde demais.
Não pinte. Se não der pra pintar, não pinte. E vá consertando o encanamento aos poucos, na medida da necessidade.
A janela emperrada, a ferrugem na grade, são sinais de velhice, não de decadência.
A casa entrou em anos com eles, amoitou suas raízes. Se serviu de berço vai servir de leito.
Eles não querem os ladrilhos sem manchas.
O corrimão se funde nas mãos deles, os degraus rangem ao peso do cansaço.
A casa é o ninho, o porto, a família que eles já tiveram e que agora está solta no mundo, ou morta ou louca.
Eles já não saberiam ter novos vizinhos, e seus pés rodariam inseguros à procura de pão.
Não há mais pressa, não há mais sonhos.
Sentados na varanda eles se embalam nas lembranças.
E não procuram conforto maior do que a poltrona de flores desbotadas, a mesma em que, tantas vezes, posaram com os filhos.
Eles não estão tristes, apenas ouvem o toque de recolhimento e se preparam.

1988

Ele demorou um pouco pra perceber o amigo.
Estava sentado de costas, cervejinha na mão,
pensamento calado.
Quando viu o outro, correu os lábios num sorriso,
fechou os punhos de raiva:
"Ô seu filho da puta, eu tava morrendo de saudades
de você!"
O outro ficou ali, rindo meio constrangido, meio
triste, quase bobo.

1988

Ela me contou:

"Todo mundo gostava dele, menos eu. Casei foi porque vi minha irmã com aliança no dedo e achei bonito. Queria ter uma igual. Comecei com ele. Eu nos meus quinze anos, ele vinte e oito. Com pouco briguei. Não me fazia gosto. Tentei querer outro mas, quando vi que era difícil, voltei pra ele mesmo. Se minha irmã casava, eu casava também.
Durou uma semana; me casei no sábado, sexta-feira fui embora.
Fomos morar no sítio, sem água nem luz; eu carregava a lata na cabeça pra poder fazer comida. Vinha lá do riacho, no fundo do mato. Minha irmã dizia que lá era melhor de se morar.
Se dormi com ele foi uma vez só, morrendo de raiva. Uma noite fui pra casa da minha sogra e menti que a gente tinha brigado. Só pra não ficar com ele.
Quando fui embora ele estava capinando a roça. Nem peguei minhas coisas. Deixei tudo lá e pus um bilhete. Que ele não me procurasse, que eu não voltava mais nunca.
O povo disse que ele ficou nervoso.
Hoje acho que eu não fazia mais isso. Não é papel. Mas eu não agüentava tanta feiúra, era muito menina."

1988

Tive medo de ir pra Nova Iorque e dar de cara com
a minha solidão.
Achei que ia vê-la escorrendo dos prédios,
saltando de dentro das estações de metrô,
enrolando minha língua ao dizer *excuse me*.

Em Nova Iorque, ela não veio;
baixou foi aqui mesmo, num sábado à tarde,
depois de uma bela feijoada em dia claro.
Pesou no meu peito feito agonia.

No domingo chorei todas as minhas rugas,
sonhei com meu filho morto,
lamentei o que não veio.

Minhas amigas ficaram caladas;
uma longe no Japão,
outra perto em Não-Sei-Onde.

1988

Meus filhos estão crescendo.
Já não me curvo em carinhos
para aquecê-los junto ao peito;
fico mais baixa a cada dia.
Levanto os olhos à procura deles,
reteso as costas à espera deles.
Meus dedos perderam o poder de cura,
meus lábios desafinam em cantigas de ninar.

O tempo passa rápido demais;
estou ficando velha ainda criança.

1988

Um homem encaixou minha janela. Por amizade.
Achei que era caso de pedir em casamento.
Meu irmão consertou a minha grade. Com irmão não, não dá certo.
Fico sempre comovida quando um homem carrega minha mala, troca meu pneu.
Me dá vontade de bater um bolo, bordar lençóis, pintar as unhas dos pés com esmalte clarinho.

              1989

Sentiu-se mal por ter gritado com o filho.
Tinha trabalhado o dia todo, à noite as compras.
Loja cheia, as crianças irritadas, gritou com o filho e na mesma hora ouviu os olhares de censura:
"Bruxa!"
"Se não tem paciência por que foi ter filho?"
Pegou a calça e nem quis que ele experimentasse.
O eco do grito doendo no estômago.

1989

Quando me perguntarem a idade, tenho quarenta anos, três filhos, um cachorro, dois gatos e duas tartarugas. E alguns fios de cabelos brancos, uma mente cansada, de alerta, coração enfeixado de sonhos.
De minha história, Fulano viveu outra vida, João pariu novos filhos, Sicrano se casa em abril e Beltrano escolheu a moça sem passado.
Minhas mãos estão quase sempre fechadas, como quem tem muito medo ou está muito só.
Minha cama já não parece tão grande e, nas noites silenciosas, não mais imploro o toque do telefone.
Meu corpo guarda as curvas da maternidade.
Sinto saudades de um sono pleno.

1989

Sou mãe só de filhos pequenos, com os adolescentes me bagunço toda. Não posso cheirar, não posso morder, "Que é isto mãe?", não posso carregar no colo pra mostrar a chuva.

"Sabe o que é dona? É que água é invisível. Ela aparece de repente e a gente nem sabe de onde veio. É que nem pensamento. Quando a gente vê, ele já tá lá."

1989

Martim Romaña:
Também eu andei curvada, procurando um canto onde esconder meu vômito,
meu choro, onde estender minha alma pra voltar a torná-la pura e branca e macia, como devem ser as almas.
Porque se a verdade é que a gente escreve para ser mais amado, a verdade é que a gente ama para se saber vivo.

1989

Eu lá, sentada na cadeira de espaldar alto, ouvindo
os quatro negociando a minha casa. Metro quadrado.
A minha casa, que sempre teve o olhar atento
à minha chegada, o peito aberto, o aconchego de uma
sopa quente, colo de mãe.
Depois desse dia passei a sonhar que me roubavam:
primeiro foi o carro, depois a bolsa, a bicicleta. Na
quarta noite levei um tombo e ralei o joelho.
E minha casa lá, doce, mansa, se inundando de sol
para aquecer minhas perdas.

1989

Uma paixão com o andar de quem fica,
o peso que cunha a almofada,
o riso de quem sossegou.
Uma paixão de amor que me enlaceie,
que me enterneça os gestos, como o fogo da lareira,
e não me deixe jamais os pés gelados

1989

Quero voltar pra casa,
pro meu quarto, pra minha cama,
meu cachorro que me dê uma lambida.
Vida.
Quero voltar pro ócio
sem sócio, negócio,
desligue o holofote
porque eu já errei o passo,
desligue, desligue.

19.6.1992

Ele me prefere trabalhando.
Inquieta, triste, mas trabalhando.
Fui ficando cansada, me sentindo feia, e ele seguro porque eu estava trabalhando.
Um salário irrisório, um horário estafante, e ele orgulhoso porque eu estava trabalhando.
Minha identidade atolada no vazio.
Não sou dessas que vão das 10 às 20, que se comprimem em uma hora de almoço; as normas me embrutecem o corpo.
Chego em casa e chego ao meu limite.

Ele se perde enquanto eu não trabalho, não consegue me sentir interessante. Vou me tecendo lenta na sobrevivência, me percebo um pouco mais gorda.
Procuro os amigos e não quero ver nenhum.
Não me sinto triste, mas cuidadosa.
Ele vai se afastando em outros cantos, me olha à distância, bruxuleia, me arruma tarefas pra que eu me sinta útil.
Gostaria de tê-lo entusiasmado com a minha liberdade.
Gostaria de vê-lo sorrindo e me crendo corajosa.
Ele é intenso com seus gestos rápidos,
eu sou intensa com meus quadris largos.

Durmo um sono agitado, sonho perdas, acordo a todo instante.
Ele me prefere com os cabelos mais longos, um pouco mais magra.
Passo a usar vestidos, espalho creme nas pernas, leio muito, vou ao cinema.
Meus filhos me olham apreensivos.

Os amigos me julgam competente.
Consideram-me uma profissional cara.
Não encontro trabalho.
Se vivesse de rendas não me assustaria,
se arrumasse emprego não me aquietaria.

Eu tenho um guarda-chuva roxo.

1992

Se eu o solto você se perde,
se eu o prendo você se engasga...
Que peso deve ter o meu afago?

O menor ia dormindo no colo do pai,
curvado sobre a criança como uma concha;
os outros três, roupas de domingo,
brincavam-gavam, olhar do pai atento.
A mãe ao lado, o pai era mais baixo,
a bênção delicada da miséria.

3.6.1992

Ganho o amante
mas não perco o amigo.
É no amigo que quero o olhar de desejo,
me beijando com sede a barriga macia;
é pro amigo que amoleço minha boca,
me visto em panos quentes,
me perfumo de vida.
Vem o amante e me abre as pernas
mas não entende jamais os meus gemidos.
É pelo amigo que vem minha vontade,
é em sua língua que quero meu prazer.
Junto do amigo durmo calma e jovem,
me torno porto e lhe acolho o barco.
O amante é pouco, é um menos que nada,
não espera meus passos,
não ouve minhas cantigas.
Quero dar ao amigo toda minha delicadeza,
bordar três patos
e preparar um cozido com pimenta da Jamaica.
O amante tem pressa,
esconde a tristeza,
não me deixa perceber que hoje é domingo.

1992

Ele me viu chorando,
beijou minha testa cansada,
disse que eu era linda, gostosa
e que me amava;
e eu fiquei linda, gostosa e abri as asas.

Se fico com você estou condenada...

Ele me fez dançar,
me enlaçou a cintura fina,
pôs as mãos nas minhas coxas quentes
e não perguntou.

Com você ponho meu amor em canto errado,
fico opaca transparente muda,
não sei.

Ele me pediu que pusesse um vestido lindo
e um sorriso doce,
pra gente ir de mãos dadas ver o mar.
Vou, mas só um pouquinho.

O meu vestido esmaece,
na confusão do sorriso
ouço sua voz.

Quero em você o bem que ele me faz.

21.11.1992

"Had we but world enough and time...
e flores...
Eu fecho os olhos para não acreditar.
Sonhar é mais fácil,
a realidade vai além da conta.

World enough...
é só uma espreguiçada boa,
um balançar na rede,
dedos macios me invadindo o decote,
dedos macios são dedos de sonho.

World enough and time...
Time...
Lençóis limpinhos em cama qualquer,
cheiro de sabonete,
cabelos molhados
os dois.

Had we but...
As flores do vaso se foram,
foi-se o vaso,
foi coisa nenhuma.
Um batom vermelho me colorindo a boca,
uma luz tranqüila.

World enough...
O sol de inverno roçando-me o pescoço,
um bilhete que me faz só sua,
sonhar é mais fácil.

30.12.1992

Deus que me dê o verde de Mauá
e o pulsar de Nova Iorque,
para que eu possa me tornar harmoniosa;
livros, cinemas, um rio de águas geladas,
disto é feita minha vida.
Rodin, Degas, Matisse e Egon Schiele
me deixaram mais perto de Deus,
e quando me deito nas pedras de Maromba,
nasço profunda-eternamente jovem.
Do alto da montanha de Santa Clara
minhas dúvidas se apagam
e amoleço de amor.
Agradeço a Guimarães por ter me escrito Veredas,
Garcia Marques, Adélia Prado, Echenique e Tom
Sawyer
guardam parte dos meus anseios.
Em Mauá não é preciso ler jornal,
em Nova Iorque durmo oito horas seguidas,
sem insônia.

22.1.1993

No primeiro dia você me construiu bela.

Sou alma inquieta,
vôo que não pousa.

Você me deu sabedoria no primeiro encontro
e inventou que eu era jovem.

Sou mãe de três
e de um sou desconsolo,
sou pranto eterno em morte que não finda.

Você chegou em meu momento algum,
quase penumbra,
música suave e medo.
Você descruzou os meus braços
e eu, que já era uma pessoa interessante,
fiquei encantadora.
Fomos a Paris,
montamos nossa casa,
juntamos nossos filhos,
envelhecemos juntos
e adormecemos calmos pro segundo encontro.
Você nem percebeu as minhas rugas.

A primeira ruga já estava lá,
e a segunda e a terceira,

mas não os cabelos brancos,
esses vieram na penúltima tristeza,
quando os encontros já não eram sonhos...

E então, você acordou indisposto e eu com febre,
fez dos seus filhos seus filhos
e dos meus filhos ninguém,
desistiu de ir a Paris.

Fechei as janelas,
guardei o manto de princesa,
mandei consertar o quadro que despencou da
parede.
Eu desacredito com muita facilidade.

Tomei sol oito manhãs
pra voltar a ter brilho nos olhos
e dourado na pele,
e cresci uns três centímetros pra demonstrar
placidez.
Minha alma de tão enrugada
coube na palma da mão,
mas nem desesperada eu fiquei.

1993

Somos todas lindas,
somos todas loucas,
somos todas frágeis e interessantes;
um mito esse corpo aeróbico
que não ousa perdas.

As funcionárias aposentadas fretaram um ônibus
e saíram em busca de seus tenros anos,
às gargalhadas.
Braços que embalaram homens e lavaram roupas,
ventres que pariram muitos,
pernas que sustentaram o peso do dia-a-dia.
As funcionárias entraram no mar como quem entra
na dança,
e as ondas atiçaram-lhes os desejos;
pouco importaram os cabelos desbotados ou
grisalhos,
unhas quebradas, o cheiro de detergente.

Somos todas lindas,
somos todas tristes,
somos todas fortes e esperançosas.

As funcionárias aposentadas despiram na areia
quente
a feira, o lustra-móveis, o teclado da máquina de
escrever,

o telefone, peixe ensopado, marido atrasado
e o sapato que já começava a mordiscar o calo.
Que venha um poeta enaltecer-lhes as formas
fartas de vivência.

17.4.1993

Quando ela, friamente, picotou os próprios cabelos,
eu entendi,
assim como entendi a outra, que lanhou o próprio rosto
de maneira sistemática,
como quem corta as unhas.
Alguém levou minhas violetas,
destampou minhas panelas.

Deitei no bosque de pinheiros
e esperei Deus ao anoitecer.
Deus é lento,
vem com a imensidão das sombras
e do silêncio,
e eu esperei.

A chuva doce me anelou os cabelos,
um tucano gritou do alto da araucária.

Pudesse eu, de novo, acreditar...

21.6.1993

Um dia o mundo ficou feio,
tudo fora de lugar e sem conformes,
e eu namorei os trilhos do metrô.

A chuva não perfumou o mato,
não encharcou a terra,
céu cinzento, enevoado, sempre,
e abafado.

Eu namorei os trilhos do metrô
e um sítio ensolarado de galinhas.

2.10.1993

Nasci sem arestas
redonda, macia,
os dedos longos,
tornozelos finos,
os pés pequenos,
andar de desejo.

Nasci fêmea,
contraponto de homem,
nasci bordadeira, prenha, rouca e triste,
meu contorno pede o peso do outro.

Nasci carne,
cadência de inquietude e de paixão,
nasci carne, pele, carne
e uma voz que conta histórias de ninar.

8.11.1993

No dia em que você morreu,
não tentei compreender sua morte;
tive ódio de Deus,
tive ódio dos homens,
tive ódio de mim
e muita vergonha.
O espelho deixou de refletir meu rosto,
o sono virou vigília, pesadelo,
ouvi Gluck muitas e muitas vezes,
anoiteci louca, louca.

Qual cadela, farejei os cantos
à sua procura - farejo ainda,
e tive horror em voltar pra casa.

Filho meu, cria parida
com prazer e encantamento,
onde calar sua ausência?

O mar de inverno ficou cinza, poderoso,
e esvaziou suas praias
num agasalho de dor.
Corri a sorte dos desesperados,
soltei o uivo dos desprotegidos.
O mar. O mar, a música de Gluck
e eu correndo, correndo...

20.11.1993

Eles cresceram e você não viu:
o menino já calça 42 e faz a barba,
a menina teve paixão de mulher
e não se consumiu.
Ele fala inglês, ela tirou carta,
ele é sossegado, ela dança xote.
O menino quebrou dois dentes da frente,
e tranca a porta quando vai dormir;
a menina tem corpo de quem se conhece,
vai comigo ao cinema
e não gosta de cerveja.
Tantas vezes eles foram felizes,
tantas vezes ficaram confusos e assustados.
Você não esteve com eles nas noites de Natal,
não ensinou a dar laço,
não dormiu abraçado.
Hoje eles já sabem o que é sonho e pesadelo,
quando viajam não escrevem cartas,
no domingo me deixam dormir até tarde.
Rimos muito, nos precipitamos,
discutimos, temos ciúmes,
comemos pizza juntos.
Você não aparece nos retratos,
nem a sua sombra.
No sorriso deles
só um murmúrio de sua ausência
e abandono.

8.1.1994

Venho embalando meus mortos
há algum tempo;
acordo com eles,
converso com eles
enquanto preparo o arroz de domingo,
são cinco ou seis, às vezes sete.
Um deles me deu a garrafa laranja
onde ponho o café,
um galão de xampu barato
e uma pedra da sorte.
Foi embora sem se despedir,
sem mandar sinal.
Nenhum mandou me avisar
quando foi embora,
num minuto estava, num segundo era;
meus olhos tentando se acostumar com o vazio.

Tenho uma tristeza lenta, vagarosa,
que vem do mundo dos vivos,
uma paixão ao contrário.

Meus mortos não dormiam cedo,
não ficaram velhos,
seguiram desconfiados,
não se acostumaram.
Eu, que não tenho pertencência,
giro feito pião
e caio no campo errado.

26.1.1994

Quando se forem os tormentos da maturidade,
nossos ventres estiverem quietos
e nossos seios tristes;
quando nossos sonhos fecharem-se em segredos,
e nossos olhos sorrirem sem dor,
nem constrangimento;
quando os ponteiros perderem a ansiedade
e nos deixarem sábias, gentis e efervescentes,
quem melhor do que nós
para estender o pão,
abrir os braços
e oferecer o refúgio – nossas coxas quentes?

11.7.1995

Ele se deitou
procurando a posse,
ela abriu as pernas
pra sentir prazer;
ele deu presentes,
ela fez carinho,
ele contou casos,
ela deu risada.

Um dia ele saiu
e deixou a porta aberta,
não mandou recado,
nem se despediu.
Ela fechou a porta,
alisou a saia,
abriu todas as janelas
e ficou ouvindo Caetano,
até desistir de entender.

1995

Aperta-me o sapato,
a gola me sufoca,
falo língua estrangeira,
piso os cascalhos com salto.

Lar, lar, onde está o colo quente,
quem desamarra os cordões?

A velhice vem em gotas,
pinga rugas,
a alma solta um queixume,
lento lamento de agonia,
sombra...

Um copo de leite quente,
um bolo saindo do forno,
um travesseiro de plumas,
lar, lar,
uma caixinha de música,
aquele novelo de lã,
um livro de contos de fadas,
um cão.

Minhas mãos urgentes,
o olhar sem brilho,
os filhos com o pé na estrada,
minha mãe na luz do abajur.

Alguma coisa não se resolve,
não se dissolve,
não passa macio na garganta,
eu tenho uma tosse de infância.

1995

Vou amarrar meu silêncio
ao pé da jabuticabeira,
vou chegar bem perto d'água
pra amolecer minha angústia
e descobrir o meu nome.

Vivo cercada de regras,
tudo se explica.
um mundo cheio de razões,
eu quero é o incompreensível,
o inesperado,
um pouco abaixo de,
depois, talvez,
e aquela joaninha pousando
na minha gola.

Quero nuances,
longos intervalos,
poças barrentas,
e receber carta selada
em envelope de papel fininho
com a cor bem clara.

Ando dois dias seguidos
sem dizer palavra
ou aquietar pensamento,
à solta.

Me cubro com mormaços e garoa
me perco em bromélias,
me tenho, me sou.

16.9.1998

Mil vezes o ócio,
o não fazer nada,
chutar pedrinhas,
caminhar na beirada do mar.

Não quero a alma ancorada
no suor do meu rosto,
ou ver meu toque se fechando
por migalhas de pão.

Ócio.
Um ócio do tamanho de coisa nenhuma.
Deitada com os braços abertos,
os pés descalços,
e um azul, que pode ser cinza,
me fazendo terra.

17.9.1998

Comi uma batata frita
caída no chão,
um pouco sujinha,
quando tinha cinco anos.

Sentei no degrau da varanda,
e por cinco longos minutos
esperei a morte.

3.10.1998

Ele me ligou dizendo:
"Fico com você até hoje".
Eu é que não quero o até hoje,
fica comigo é até sempre.

17.10.1998

...Porque de resto não sei,
vou vagarosa,
aninho com cuidado
os meus receios.

Me largo num doce lago
protejo minh'alma em casulo,
repouso meu mundo
em alinhavos de suavidade...

27.10.1998

Nas épocas em que trabalho muito
(como se o trabalho preenchesse a minha vida),
o que mais me faz falta
é o silêncio!

29.10.1998

Voltei à casa onde pari dois filhos,
à cidade em luz adormecida,
ao vento que anelava meus cabelos,
às ladeiras que me deram andar de fêmea
e ritmaram o tom da minha urgência.

Dormi com aquele que há tantos anos
protegeu-me da tristeza e do abandono,
e suavizei as rugas de sua testa
com o roçar suave do desejo
e conversas lentas de preguiça.

Revi figueiras, das quais não me lembrava
– por que não me lembrava das figueiras
atrás da igreja, ao lado da minha casa?
Comi pitomba, cajá, queijo de coalho,
mas o homem do beiju não veio à porta
e ninguém disse: Laranja Mimo do Céu!

Comprei a colcha de cochichos mais vibrante
pra colorir a minha cama muda,
e percorri três praias de recifes
que me douraram a pele,
e me banharam a busca
daquilo que não sei onde escondi.

O hospital hoje é centro de música,
há um museu ao lado do colégio,
os muros daquela casa se desbotam
e as igrejas fecham suas portas
com os altares roídos de cupins.

Um mosquiteiro de céu azul clarinho,
paredes densas de memórias confundidas,
o nó das minhas emaranhado em outros nomes.

18.6.1999

Massageei seus pés com cânfora,
porque sabia seus pés cansados
e mais teria feito, muito mais.

Porque me passam o laço,
mas não me pesam canga,
não me prendem cabresto,
não me amordaçam.

31.5.2003

Quero morrer por um tempo,
ficar transparente ou minúscula,
me transportar pro Alasca
apenas piscando os olhos,
não atender telefone,
não me encontrar com amigos,
parar de pagar minhas contas,
não acessar o e-mail.

Quero deixar de ser mãe
enquanto carrego esta dor,
não passear com o cachorro,
não ir a supermercado,
quero deixar luz acesa,
me aquecer na escuridão.

Quero andar pelo mato,
pisar lodo e folhas secas,
não ter ida nem ter volta,
esquecer o nome dele,
cauterizar as feridas
que me incendeiam o viver.

2.6.2003

Não houve beleza na minha dor;
igual a tantos desatinados,
perdi minhas curvas, o brilho, a música
e disparei noite adentro em busca de um negrume,
que engolisse meus passos e seus laços.

Não trouxe mistérios a minha dor,
apenas um desejo de morte – ou de vida,
mas não desta agonia insistente
que me faz naufragar em falsas lembranças.

24.6.2003

Depois de morto, meu filho mais velho se tornou filho caçula porque não se completou. Esvaziou minha alma aos trinta e quatro dias.

O homem que não me quis cegou meus gostos e selou minha casa. Dois anos depois de ter fechado a porta, tossiu durante a hora e meia em que falamos ao telefone. Tosse seca.

2004

Porque agora sei que a vida não faz o menor sentido, mas por tantos e muitos anos acreditei em arco-íris, potes de ouro e tudo mais.
Meu filho mais velho reclama os almoços de família, com macarrão e jarra de suco; logo ele, que fugia como o diabo da cruz do que chamava de hábitos burgueses. A família tomou outros rumos. Cada um cozinha a seu modo.
E eu, o que faço com a minha perplexidade? Nem sei quantas vezes esfreguei pedra de anel, por conta de um gênio que não aparece.
Quero tudo. Tenho avidez por prazeres, ganância por alegria. E não acho que o sofrimento me fortaleça, ou que as perdas me tragam uma certa dignidade. Trouxeram foi rugas, e um constante desconforto.
Uma amiga, que já passou dos setenta, e navegou em sonhos que tais, desconfia que não exista o arco-íris. O próprio arco-íris, que se distribui do prisma para todos os cantos das minhas paredes. Eu vejo aquelas cores e acredito que vou ser feliz. Feliz pra sempre.
Meu amigo artista diz que a vida não só não faz sentido, como não tem a menor importância.
Relembro as minhas barrigas de nove meses e me admiro do quanto fui poderosa. Relembro as nuvens negras que se enlaçaram à minha frente, no topo das montanhas, e abençoaram o meu aniversário,

com um aguaceiro iluminado de sol. Naquele dia, eu levava uma garrafa de vinho, um pacote de biscoitos ingleses, e a ilusão de um amor ao meu lado. Brindei com Deus, e por um longo momento tive certeza de sua existência.

Comprei caneta nova, comprei tinteiro, e desando no palavrório. Palavra no papel, no papel, pra ver se os pensamentos se ajustam. As idéias vão deslizando feito gatos, insidiosas, e remexo cada uma de suas letras atrás de algum sentido.

Há um bocado de sombras no meu bem-querer.

2004

Pus-me a cheirar minha filha assim que nasceu. Cheirar mesmo, feito bicho. Horas...
Desde a barriga que eu já sabia que ali tinha filha-mulher. Sem exame, sem imagem, só pelo jeito que se mexia e conversava comigo. Mesmo assim, depois de nascida, deitadinha a meu lado, precisei de maior entendimento.
Filha mulher. Terceira cria. Cheirei até que sua vida começasse a se entranhar com a minha.
Porque já me desdobrara em dois homens, e agora me revelava em fêmea, e isso era um mistério maior.

2005

Como saco sem fundo,
cano furado,
buraco na areia;
como coisa que se crê em sonho,
mas não se preenche,
não se incorpora;
como ovelha morta em pasto verde,
como fruta ácida,
como folha seca;
como tempestade vista ao longe,
toco de vela se esvaindo,
um graveto.

Como pio de coruja em céu de inverno,
caco de vidro em meio ao lixo,
fechar de porta,
passos no escuro.

Como o marulhar da madrugada,
como cão vadio,
feito eu.

17.6.2005

E se me disserem que você está enfermo,
recolhido em hospital, insone,
seu coração desgovernado à míngua,
que faço eu do meu amor anônimo?

Como faço chegar os beijos tantos,
o brilho, o riso, o abandono,
como levo até você os meus temperos,
como cuido de suas dores, como?

17.8.2006

Para o homem que só me faz bem,
levanto meu rosto cansado,
inundo meu peito encolhido
e brinco entre cacos e papéis dobrados.

Quando ele chega,
seu coração é o que se trai mais afoito,
salta do peito,
mergulha desencontrado em minha palma,
e vai se aquietando suave,
até que de nosso encontro
só restem o riso, o encanto
e uma balada qualquer.

O homem que só me faz bem
me traz ameixas e pães,
relaxa na minha rede,
e mente feito um menino.

Tão cuidadoso esse homem
de caminhada felina
e dedos que me namoram!

28–30.11.2006

Embrulho os presentes de Natal um a um,
apertando cada laço com lembranças e bons votos.
Depois do grande almoço, lavo a louça, as panelas,
os talheres e os copos. O Natal se esvai em mim,
conforme a casa adormece.
Minha intenção em cada gesto.

13.1.2007

Se me virarem do avesso,
me percebem mulher triste,
mas pelo lado de fora
sou uma mulher feliz,
que gosta quando o decote
mostra o risquinho entre os seios.

Não se pode dar ouvidos a qualquer exigência;
para algumas se diz sim,
para muitas se diz não,
porque o tempo é escasso
e nem tudo tem serventia.

Gosto quando meu homem me diz:
"Está precisando de alguma coisa?"
Quero precisar, para ouvir quando ele chega:
"Olhe, eu trouxe o que você me pediu".
Balanço os quadris lentamente
e me ponho a estender a toalha na mesa,
caminhando macio,
olhar abobado.

O viver poético é de uma calma atormentada,
pede respeito e resguardo.

Descubro alguém que me faz graça,
e me planta uma muda de xixá.
Com ele ganho maior entendimento.

Recolho-me, à toa no mato,
Tateio nos meandros de minhas descobertas.

19.1.2007

Título	Feito Eu
Autora	Elisa Nazarian
Capa	Tomás Martins
Ilustração da capa	Guilherme de Faria
Projeto gráfico	Tomás Martins
Formato	13,8 × 21 cm
Número de páginas	112
Tipologia	Electra
Papel	Pólen Soft 80 g/m² (miolo)
	Color Plus Cotelê 240 g/m² (capa)
Fotolito	Liner
Impressão	Lis Gráfica